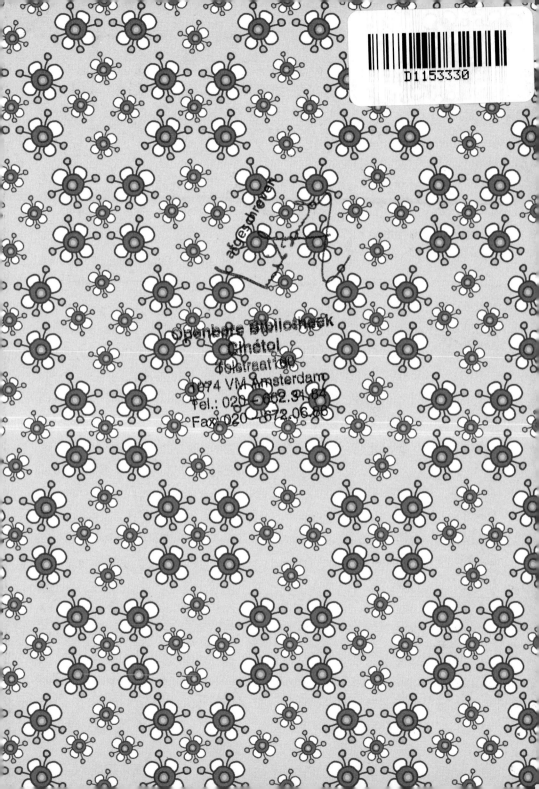

Flo's dierenpension
Apenmama gezocht!

www.uitgeverijholland.nl

Sarah Bosse

Flo's dierenpension
Apenmama gezocht!

Met illustraties van
Nina Dulleck

Uitgeverij Holland - Haarlem

Inhoud

Hoge nood, chocolademelk en ringstaartjes

Op de maat van de muziek hupte Flo de trap naar de voordeur op. Ze stak de sleutel in het slot en haalde de dopjes van haar iPod uit haar oren. Ze luisterde eens goed. Er klopte iets niet, het was zo stil binnen.

Flo slaakte een diepe zucht. Ze had een lange schooldag achter de rug, het was nu al bijna vier uur. Toch had ze nog best een goed humeur, maar dat smolt als sneeuw voor de zon. Want toen ze de voordeur opendeed, lag Sloper haar op te wachten in de gang. De hond lag plat op zijn buik en hield onschuldig zijn kop een beetje schuin.

Flo kneep haar ogen tot spleetjes. Als Sloper zo keek was dat nooit een goed teken. En ze besefte meteen wat het dier uitgespookt had, of liever uitgevreten had. Onder zijn kop lag iets roods.

'O nee, het is toch niet waar hè?' Flo smeet haar schooltas op de grond en graaide tussen de hondenpoten. Sloper keek haar nu heel schuldbewust aan en liet braaf toe dat ze zijn buit afpakte.

Flo zwaaide met de kapotgebeten slof voor zijn neus. 'Sloper, ik zou je voor straf aan je haren naar je mand moeten slepen. Mijn slof is helemaal kapot. Dit valt in de categorie opzettelijk schade toebrengen aan andermans eigendom onder werktijd. Jij moet het huis bewaken in plaats van de tent afbreken.'

Ze liet de slof vallen, knielde naast de hond neer en kroelde achter zijn oren.

Met zijn grote hondenogen volgde Sloper de bungelende oordopjes van de koptelefoon die om Flo's nek hing.

Zoals altijd kon Flo niet lang boos blijven op haar vuilnisbakkenrashond. 'Waarom heb je dat nu weer gedaan? Het ging de laatste tijd net zo goed.'

Vroeger was het kapotbijten van sloffen, kussens en alles wat hij maar kon vinden Slopers lievelingsbezigheid geweest. Daarom was hij ook steeds in het asiel beland. Overal waar hij woonde, maakte hij er een puinhoop van. Geen enkel baasje kon voorkomen dat hij alles sloopte. Wanhopig brachten ze het dier na een paar weken terug naar het asiel.

Uiteindelijk had de dierenbescherming besloten hem aan niemand meer mee te geven. En zo was de hond een soort onderdeel van de inboedel geworden. Toen Sloper eenmaal in de gaten had dat hij niet meer weg hoefde, stopte hij met het onveilig maken van zijn omgeving. In het asiel voelde hij zich thuis. Daar was hij ooit naartoe gebracht als pup. Helemaal vermagerd en onder de vlooien was hij er als een pakketje afgeleverd, met kale plekken en korsten in zijn vervuilde vacht van het krabben.

Omdat hij alles sloopte, werd hij wel eens liefdevol sloper genoemd, en na een tijdje luisterde hij ook echt naar die naam!

De vader van Flo werkte in een dierenkliniek. Hij was ook voorzitter van de dierenbescherming. Hij had Sloper gewassen en gekamd en hem van die akelige bloedzuigertjes bevrijd. Geen wonder dat Sloper dol op hem was.

Elke keer als papa naar huis wilde gaan, begon Sloper hartverscheurend te janken. Ontroostbaar was hij, tot papa uiteindelijk maar besloot om hem mee naar huis te nemen. Zo was Sloper bij Flo thuis komen wonen. Hij verviel alleen nog in zijn oude gedrag als hij vond dat hij geen aandacht genoeg kreeg.

En dat was kennelijk nu ook het geval.

'Caro?' riep Flo naar boven. 'Waar zit je?'

Geen antwoord.

Ik had het kunnen weten, dacht Flo geërgerd. Haar jongere zusje was op maandag altijd vroeg thuis en het was dan haar taak om meteen Sloper uit te laten. Zo hoefde het dier niet al te lang alleen te zitten.

Flo pakte de telefoon en drukte op een toets. 'Mam?' 'Dag Flo, is er iets? Ik heb nu niet veel tijd, het zebraveulen heeft…' begon Flo's moeder.

Maar Flo liet haar niet uitpraten. 'Ik wilde alleen

weten of Caro misschien bij jou is.'

'Caro? Nee, die moet toch…'

'Ja, dat moet ze ook. Maar dat heeft ze dus niet gedaan,' zei Flo boos. 'Sloper heeft mijn slof te pakken gehad, de stiekemerd. Maar goed, jij hebt het druk met het zebraveulentje. Doei mam.' Zonder nog op antwoord te wachten, hing Flo op.

'Mama heeft het druk, Sloper,' legde ze uit. 'Er is een zebraveulentje geboren.'

Sloper legde zijn kop scheef alsof hij begreep wat Flo vertelde. Maar zodra hij in de gaten kreeg dat Flo zijn riem pakte, sprong hij blaffend overeind.

'Ik dacht dat Caro misschien meteen uit school naar mama was gegaan, in de dierentuin, maar nu weet ik waar ze uithangt. Kom mee, wij gaan wandelen.'

Flo deed haar oordopjes weer in en sprong het trapje af.

Meteen verdween Sloper in een struik om zijn behoefte te doen. Geen wonder dat hij zo ongeduldig was, dacht Flo. Hij moest super nodig!

Het was een flinke wandeling naar de dierenkliniek waar papa drie dagen in de week werkte. Flo trok de rits van haar dikke vest dicht. Het was koud geworden.

Het eerste stuk liep ze in het snelle ritme van haar muziek, zodat ze het al gauw wat warmer kreeg. Sloper vond alles best, er waren vier dingen waar hij gek op was: buiten lopen... pret, pret en nog eens pret!

Enigszins buiten adem kwam Flo bij de dierenkliniek, die gevestigd was in een zijvleugel van een groot oud gebouw dat ooit een klooster was geweest.

Jim zat bij de balie, waar iedereen zich moest aanmelden. Hij keek op toen Flo binnenkwam met de hond.

Sloper was niet echt een graag geziene gast in de kliniek. In het begin had Flo's vader hem wel eens een dagje meegenomen maar dat was geen succes geweest, want Sloper wist de boel binnen een paar minuten op stelten te zetten. Om te voorkomen dat een hulpvaardige maar wanhopige collega het beest een kalmeringsspuitje zou geven, had papa plechtig moeten beloven Sloper niet meer mee te nemen!

Flo zwaaide. 'Hoi Jim, maak je geen zorgen, ik ben

zo weer weg. Is Caro soms hier?' riep Flo net iets te hard, want ze was vergeten dat ze haar oordopjes nog in had.

Jim knikte, hij rolde met zijn ogen. 'Nou en of ze er is. Sjonge, het is lastig haar niet te horen, en dat geldt ook voor jou. Houden jullie hier een familiedag ofzo?'

'Blijf bij het vrouwtje, Sloper,' en ze trok aan de riem om het tegenstribbelende dier naar zich toe te halen. Hij voelde zich duidelijk helemaal niet op zijn gemak in de kliniek, die hem vast aan enge dingen deed denken zoals onderzoeken, spuitjes en dat soort zaken.

Twee tellen later snapte Flo wat Jim bedoelde. Ze hoorde Caro luid jammerend uit het laboratorium komen dat achter de ontvangstruimte lag.

Flo deed een zijdeur open. 'Hoi kleine huilebalk. Het is maar goed dat de operatiekamer in een andere vleugel van het gebouw zit. De diepste narcose is niet bestand tegen die sirene van jou.'

Papa keek opgelucht toen hij Flo zag binnenkomen. 'Flo, goed dat je er bent. Wil jij Caro mee naar huis nemen?'

'Waar ik haar meteen in haar kamer opsluit zonder dat ze naar de wc mag. Dan kan ze zelf eens voelen hoe het is als je nodig moet plassen maar niet kunt,' voegde Flo eraan toe. 'Als dank heeft Sloper mijn slof kapotgebeten.'

Papa legde een bundel wegwerpspuitjes op een schaal en keek Caro strak aan. 'Caro, ik dacht dat jij Sloper wel had uitgelaten voor je hierheen kwam.'

'Heeft ze dus niet gedaan,' zei Flo beschuldigend.

Caro probeerde zich verlegen achter haar pony te verschuilen, om de boze blik van haar vader en zus niet te hoeven zien. 'Ik wou alleen

maar…' zei ze met een piepstemmetje.

'We hebben al zo vaak gezegd dat je moet leren om verantwoordelijkheid te nemen voor een dier,' onderbrak papa haar.

Maar nu barstte Caro in tranen uit en ze riep met overslaande stem: 'Jij hebt zelf Sloper in huis gehaald hoor!'

Papa haalde diep adem.

Flo wilde haar zusje troostend over haar haar aaien, maar Caro sloeg boos haar hand weg.

'Nou moet je ophouden,' zei Flo. 'Kom, wij lopen samen met Sloper naar huis en dan maak ik warme chocolademelk met lekker veel slagroom. '

'Ik wil liever bij papa blijven,' zei Caro koppig. 'Het is saai thuis en die stomme chocolademelk hoef ik ook niet.'

'Dat gaat niet Caro, ik heb geen tijd meer voor je.' Papa greep de wegwerpspuitjes. 'Ik moet nu meteen aan de slag.'

Caro stampvoette. 'Dan wil ik naar mama, maar die heeft aan de telefoon gezegd dat ze bezig was met een kakkie.'

'Ze is bezig met wát?' vroeg Flo, haar mondhoeken trilden gevaarlijk en ook papa kon zijn lachen haast niet inhouden.

'Iets met kakkie,' hield Caro vol.

Alsof ze het afgesproken hadden, barstten papa en Flo tegelijk in lachen uit. Sloper sprong vrolijk tegen Flo op en blafte mee.

'Dat heb je vast niet goed verstaan,' bracht papa ten slotte hikkend van de lach uit.

'Echt wel!' protesteerde Caro. 'Mama heeft gezegd dat het dieren met zo'n ringstaart zijn.'

Flo haalde haar schouders op. 'Tegen mij had het ze over een zebraveulen. Die is ook geringeld, of nee, gestreept.'

Ze hoorden een vreemd geluid. De meisjes keken naar papa, die zich bijna verslikte omdat hij ineens begreep wat Caro bedoelde.

'Een katta!' riep hij hoestend. 'Mama had het over een katta. Dat is een halfaapje, ze worden ook wel ringstaartmaki's genoemd. Ze hebben een gestreepte pluizige staart.'

'Ja duh, dat zei ik toch.' Caro keek triomfantelijk.

Flo duwde haar zus de deur uit. 'Ga je mee, apie, we gaan naar huis.'

Kattengejank, onkruid en een geurgevecht

De volgende middag ging Flo bij papa kijken in het asiel. De dierenbescherming had daar een kantoor, waar haar vader elke dinsdag en donderdag werkte.

'Hoi Papageno,' begroette ze de papegaai, die in de hal bij het kantoortje zijn plek gevonden had. Ze tikte op de tralies van de grote kooi. 'Zeg je niks meer?'

Flo kende het spelletje al. De vogel zweeg. Hij legde zijn kopje schuin en trippelde over de stang heen en weer. Pas toen Flo al bij de deur was, krijste hij ineens: 'Halt! Staan blijven!'

'Jij zou een goede bewegingsmelder zijn, Papageno,' lacht Flo over haar schouder. 'Geen insluiper komt hier zomaar binnen.'

Even later zat ze een beetje verveeld tegenover papa,

die achter zijn bureau met de post bezig was. Ze liet haar benen bungelen. Wanneer was papa nu eindelijk klaar, dacht ze ongeduldig, ze had een leuk nieuwtje!

Flo keek naar een foto van haar ouders in een adembenemend berglandschap. Flo wist dat papa en mama op huwelijksreis naar de Dolomieten geweest waren, in Noord-Italië.

'Hoe heette ook al weer de hoogste berg daar,' Flo wees op de foto. 'Iets met Marmelade ofzo.'

Papa schudde zijn hoofd. 'Niet Marmelade, maar Marmolata.'

'Die mevrouw in het hotel waar jullie logeerden had ook zo'n grappige naam.'

'Mevrouw Allegro,' mompelde papa, nog steeds verdiept in een brief.

'Ik bedoelde haar voornaam,' zei Flo.

Papa liet de brief zakken en keek naar zijn dochter. 'Zijn we een quiz aan het doen ofzo? Vertel eens, hoe was het op school vandaag?'

Het was een poging geweest om nog wat informatie uit papa los te peuteren. Want Flo vermoedde dat haar eigen naam iets met deze vakantie te maken had, maar haar ouders waren er niet heel spraakzaam over.

Ze legde haar armen op de leuningen van de stoel en grijnsde breed. 'Hanna en ik waren de enigen die een negen voor topo hadden.'

'En de rest had een tien?' vroeg papa.

Flo sprong op en gaf het een boks tegen zijn schouder. 'Nee joh, wij waren natuurlijk de besten!'

'Ah ik snap het al,' papa lachte plagerig en boog zich weer over zijn bureau. 'Wat hoor ik nou steeds voor geruis?'

'Oeps!' Flo greep de oordopjes en trok haar iPod tevoorschijn. Ze zette hem uit.

Dinsdag was de leukste dag van de week. Ze vond het heerlijk om samen met papa in het asiel te zijn. Er was altijd wel iets aan de hand en dan mocht zij helpen.

'Wie is dat eigenlijk?' vroeg Flo, toen ze buiten een nieuw gezicht ontdekte.

Een jongen knielde neer bij een bloembed en begon onkruid te wieden. Aan zijn gezicht was af te lezen dat hij het niet echt een leuk klusje vond.

'De nieuwe,' mompelde papa al lezend.

En nu herinnerde Flo zich dat papa over de jongen had verteld. Hij had een paar sigarettenautomaten gekraakt en een taakstraf opgelegd gekregen. Dat betekende dat hij onbetaald werk moest doen en ze hadden hem aan het asiel toegewezen.

'Ik snap niet waarom hij zo chagrijnig kijkt,' zei Flo verbaasd. 'In het asiel werken is toch leuk? Voor hetzelfde geld had hij vuilnisbakken moeten legen ofzo.'

Papa wees met zijn pen naar de jongen. 'Ga jij hem dat even vertellen?'

Flo wilde net naar buiten lopen toen de telefoon ging. Papa wilde opnemen, maar Flo was hem voor. 'U spreekt met de dierenbescherming afdeling Bloemstraat, mijn naam is Flo. Wat kan ik voor u doen?'

'Hoi Flo, ik ben het,' hoorde ze mama zeggen. 'Wil jij even tegen papa zeggen dat ik vanavond wat later thuis ben?'

Flo fronste. 'Doe ik,' antwoordde ze een beetje kortaf,

want mama had eigenlijk beloofd dat ze vanavond Flo's lievelingseten zou maken: lasagne.

Haar moeder werkte met nog een collega als dierenarts bij de dierentuin. En dieren hadden natuurlijk geen boodschap aan de klok. Als ze ziek waren, waren ze ziek. Als ze zich verwond hadden moesten ze meteen verzorgd worden en ook bij de komst van jonkies vroegen ze zich natuurlijk niet af of het wel uitkwam. Flo wist dat er vaak snel gehandeld moest worden. Mama had uitgelegd dat dieren in het wild zich zo lang mogelijk schuil hielden als ze ziek waren. Want anders waren ze een makkelijke prooi of was hun plek in de rangorde van de groep in gevaar. Als het dan zo slecht met hen ging dat ze zich niet meer konden verschuilen, was het vaak al te laat. Daarom moesten de dierenverzorgers hun dieren heel goed kennen, zodat ze de kleinste verandering in gedrag al vroeg opmerkten.

Papa haalde zijn schouders op en keek naar Flo die nog met de telefoon in haar hand stond. 'Laat me raden,' zei hij. 'Ze moet helpen met de "kakkies" en komt vanavond wat later thuis.'

'Over de halfaapjes heeft ze niets gezegd,' antwoordde Flo. 'Maar die lekkere lasagne à la mama kunnen we wel vergeten.'

Toen Flo door de hal naar de tuin wilde lopen, werd ze weer door de papegaai nageroepen. 'Halt! Staan blijven!' De zon scheen haar tegemoet en ze moest niesen van het felle licht.

Bij de hokken waar de katten zaten, klonk lawaai.

Nieuwsgierig wandelde ze er naartoe. De katten renden miauwend rond. Eentje sprong door de kooi alsof ze een hazewindhond was in plaats van een poes. Ze klauwde aan het gaas en protesteerde luid. Nu hoorde Flo de stem van Karin, die de dieren geruststellend toesprak.

Waarschijnlijk was er een nieuwe kat bijgekomen. Dat zorgde altijd voor een hoop gedoe, want dan waren er altijd wel andere katten die jaloers waren. Soms ging dat snel over en konden ze goed met elkaar overweg, maar het kwam ook wel voor dat het echt niet ging. In dat geval werd de groep uit elkaar gehaald en in aparte kooien gezet.

Flo keek opzij. De jongen zat nog bij het bloembed te wieden. Hoewel Flo niet helemaal zeker wist of hij nou echt alleen het onkruid eruit haalde. Want het leek erop dat hij alles wat hij tegenkwam en niet kende grondig verwijderde!

Flo deed terloops een stapje opzij, alsof ze toevallig in de buurt van de jongen rondwandelde.

'Hoi,' zei ze. 'Ik ben Flo, mijn vader werkt hier,' ze wees naar papa die in het kantoortje zat. 'Hoe heet jij?'

De jongen keek op, maar antwoordde niet. Wat gaat jou dat aan, leek hij te willen zeggen.

Flo haalde haar schouders op. 'Als je niet zegt hoe je heet, moet ik zelf maar een naam voor je verzinnen. Wat dacht je van Hendrik Jan de tuinman?' Ze draaide zich om alsof ze weg wilde lopen.

'Pip,' zei de jongen ineens, hij keek erbij alsof hij zijn tong had willen afbijten.

Flo was bijna in lachen uitgebarsten, maar wist zich in te houden.

'Je… heet eh… Pip? Dat klinkt als een…'

'Ja, als een meisjesnaam, ik weet het,' snauwde hij nerveus en trok weer een plantje los.

Flo zag nu dat dit echt geen onkruid was, maar heester.

'Eigenlijk heet ik Philip, maar iedereen noemt mij dus Pip.'

'Wacht even,' zei Flo en ze ging naast hem zitten. Ze wees op een plantje met donkergroen gevlekte blaadjes. 'Als je straks niet op je kop wilt krijgen van mijn vader, kun je deze plantjes misschien maar beter laten staan. Dat is namelijk Gevlekte Orchis.'

'Is dat bijzonder dan?' vroeg Philip.

'Ja, dat is een beschermde soort,' begon Flo, maar toen hield ze op. 'Nou ja, daar moet je dus niet aankomen, oké?' Ze liep weg.

Bij het kattenverblijf trof ze Karin aan, de directeur van het asiel. Ze stond voor een van de ramen en observeerde de katten die net nog zo'n kabaal maakten.

'Wat een kattengejank!' lachte ze hoofdschuddend.

'Misschien moet je Philip hier laten werken, bij de katten. Hij is zo stilletjes, daar worden ze vast wel kalm van.'

'Pip, onze nieuwe?' lachte Karin. Maar toen zuchtte ze. 'Ik weet niet of we erin slagen hem iets te leren. Tot nu toe vindt hij het werk in het asiel niet echt leuk, geloof ik.'

'Misschien lijkt dat alleen maar zo?' zei Flo. Ze kon het zich haast niet voorstellen dat werken met dieren niet leuk zou zijn.

Maar ja, ze moest toegeven dat onkruid wieden ook niet haar lievelingsklusje was. Ze hoopte maar dat hij dat niet de hele dag hoefde te doen. Er was altijd zoveel te doen in het asiel, en het ging in de eerste plaats toch om de dieren.

Om zich ook een beetje nuttig te maken, ruimde Flo een doos met hondenvoer op die iemand had laten staan. Daarna lijnde ze Josti aan, een hond uit het asiel en ging met hem en Sloper een rondje lopen.

Toen ze terugkwam, stond Karin met haar handen in haar zij naast Philip. Ze was zichtbaar boos.

Van Philips gezicht was niets af te lezen maar het was duidelijk dat hij flink op zijn kop gehad had. Ze zag dat hij zich bukte en de heesterplantjes die hij eruit had getrokken, weer op hun plaats zette in het bloembed.

'En met die plantjes daar moet je heel erg voorzichtig zijn!' hoorde ze Karin, 'want dat is…'

'Gevlekte Orchis!' viel Philip haar in de rede. 'Ik weet het, dat is zeldzaam.'

Flo moest lachen. Op hetzelfde moment zag ze iets vanuit haar ooghoeken.

Het was de kleine wangzak-eekhoorn die sinds kort in een van de volières woonde om te herstellen van een verwonding. Wandelaars hadden hem gevonden in het bos en hem naar het asiel gebracht.

Flo liep naar de volière en keek naar het diertje met zijn pluizige vacht. Hij zat op een berkentak en keek met zijn kraaloogjes terug alsof hij zeggen wilde:

'Wees blij dat ik hier speciaal voor jou even netjes opzit, want ik ben zo weer weg en dan vind je me niet meer!'

En roetsj, weg was hij.

Flo moest ineens denken aan de katta. Wat zou mama op dit moment aan het doen zijn?

Ze besloot naar de dierentuin te gaan om te kijken waar mama mee bezig was. Ze had bijna geen huiswerk voor morgen, dat kon dus wel wachten tot vanavond.

Bij de dierentuin aangekomen drukte Flo goedgehumeurd op de bel van de portierswoning. Mevrouw Bloem deed open. Het was een klein vrouwtje, zelfs Flo moest al naar beneden kijken als ze met haar sprak, maar haar ogen lachten altijd vriendelijk. 'Hallo Flo, wat gezellig dat je weer eens langskomt,' riep ze. 'Ik weet niet waar je moeder momenteel is. Ik heb haar eigenlijk alleen vanochtend vroeg gezien toen ze aankwam, maar ze heeft het kennelijk heel druk.'

Flo knikte en grijnsde breed. 'Ik weet het, daarom ben ik ook gekomen. Zodat ze nog een beetje weet wie ik ben! Ze denkt alleen nog maar aan de katta's.'

Mevrouw Bloem trok verbaasd een wenkbrauw op, wat er grappig uitzag. 'Katta's? Ik weet het niet, maar het zou kunnen.'

Flo liep door naar de ruimte van de dierenartsen. Daar hing in een kast haar overall. Want een ding was zeker: zij zou nooit meer in haar gewone kleren naar de dieren gaan!

Ze was die ene keer nog niet vergeten, dat ze meteen uit school naar mama was gegaan en aansluitend naar een partijtje moest. Verbaasd had ze zich afgevraagd waarom niemand van haar klasgenoten naast haar wilde zitten. Tot Lars, de grappenmaker van de klas, de kamer binnenviel met de woorden: 'Het stinkt hier naar poemapoep!'

Flo kon wel door de grond zakken, want ze snapte meteen dat zij hiervan de oorzaak was. Weliswaar had ze met de anderen mee gelachen en gedaan alsof ze het niet erg vond dat ze haar de rest van de middag 'Stinkie' en 'Miss Piggy' genoemd hadden. Maar het liefst was ze meteen naar huis gegaan. Zelf had ze het eigenlijk niet eens geroken. Ze was maar héél even bij de penseelzwijnen geweest om te kijken hoe mama hun eczeem behandelde. En daarna was ze héél even in de ezelstal geweest om het eten te helpen uitdelen. Dit zal mij niet nog een keer overkomen, had Flo zich plechtig voorgenomen. Wie wil nou horen dat hij stinkt?

Daar moest Flo aan denken toen ze bij het apenhuis aankwam. Mama had een keer verteld dat de katta-mannetjes hun plaats in de groep bepaalden door middel van een soort geurgevecht. Katta's hebben verschillende geurklieren. Voor het 'gevecht' smeren ze het uiteinde van de staart in met zo'n stinkend luchtje en daarmee zwaaien ze in de richting van hun rivalen.

Flo grijnsde. Bij mensen besprenkelen meestal juist de vrouwen zich met allerlei parfumluchtjes.

Ze stond even stil bij de glazen wand van het binnenverblijf en keek naar de groep katta's die op een kluitje zaten. Ze vonden het buiten zeker niet zonnig genoeg.

Ze tikte zachtjes op de ruit. Ze was dol op de katta's, met hun gevlekte snuitjes, de pluizige oren en de oranjeachtige ogen.

Ze zien er slim en grappig uit, vond Flo.

Als je ze in de ogen keek, had je niet het gevoel een dier aan te kijken maar een mens.

Ze hadden een karakteristiek gezicht.

Wanneer de katta's lekker tegen elkaar aan zaten, zou je er zo tussen willen kruipen.

Als ik een dier was, zou ik het liefst een katta zijn, besloot Flo. Nu pas zag ze dat lang niet alle katta's in het binnenverblijf zaten. Nieuwsgierig waar de rest uithing, liep ze verder.

Brok in de keel, apenbaby en chocoladevlekken

Flo wist dat ze zich in de buurt van de dieren rustig moest gedragen. Ze klopte dus eerst zacht op de deur die haar 'achter de coulissen' voerde. Dat waren de ruimtes achter de hokken, waar de normale dierentuinbezoekers niet mochten komen.

Anouk, de verzorgster van de halfaapjes, deed open en lachte vrolijk. 'Ha die Flo, kom binnen, je moeder is hier ook.'

Mama was in gesprek met Tibbe, een andere dierenverzorger. Ze stonden bij een kooi die de bezoekers niet konden zien. Tussen de takken en bladeren zag Flo de rest van de katta's zitten.

'Hoi Flo,' zei mama en ze legde even haar arm om Flo's schouder.

Tibbe knipoogde
even naar haar.
Daarna keken ze weer
naar de dieren in de
kooi.
'We zijn aan het
overleggen,' legde
mama uit zonder
haar blik af te
wenden.
'Is er iets aan de
hand?' wilde Flo
weten.
Anouk wees naar
het gebladerte.
'Felice heeft jongen gekregen.'

Flo knipperde even met haar ogen. Wie van de
grijs-witte diertjes was ook al weer Felice? Maar toen
ontdekte ze het katta-vrouwtje, dat een klein baby'tje
tegen haar buik hield. 'O kijk, ik zie haar, wat schattig!
Jammer dat je het niet zo goed kunt zien. Is het kleintje
ziek?'

'Zestig of zeventig gram weegt zo'n kleine katta-baby,' zei Anouk. 'Maar het probleem is niet deze baby, maar de andere.'

'De andere?' fluisterde Flo.

'Felice heeft een tweeling gekregen. We hadden het eerst niet in de gaten, maar het zijn er twee,' zei Flo's moeder op gedempte toon. 'Helaas zorgt de moeder er maar voor eentje.'

Flo sloeg geschrokken haar hand voor haar mond. 'Wat nu?'

'Dat waren we net aan het bedenken,' antwoordde mama bezorgd.

'De natuur is hard,' zei Tibbe en hij haalde zijn schouders op. 'Jullie weten wat er in de jungle zou gebeuren.'

Flo merkte dat mama op haar lip beet.

'Maar deze halfaapjes wonen niet in de jungle,' zei Flo gauw. Ze vond het een beetje raar dat Tibbe zo onverschillig deed. 'Jullie kunnen dit babyaapje toch redden?'

Mama zuchtte.

Anouk keek Flo aan. 'Ja, dat kunnen we natuurlijk

doen, maar dat is niet zo makkelijk als het lijkt.'

Flo kon het niet geloven. Ze moest zich inhouden om niet te gaan schreeuwen. 'Hoezo dan? Jullie kunnen hem toch een flesje geven?'

Mama legde haar hand op Flo's schouder, maar ze schudde hem af. Ze hield er niet van als mama zo deed. Het was alsof mama daarmee wilde zeggen 'Ach dat begrijp jij toch niet, daarvoor ben jij nog te klein'.

'Het probleem is dat dieren die kunstmatig worden gevoed niet meer door de groep worden geaccepteerd. De katta-baby kan dan dus nooit meer bij deze groep wonen.'

'We willen de dieren zoveel mogelijk de ruimte geven om op hun eigen manier te leven, voor zover dat in een dierentuin mogelijk is,' voegde Tibbe eraan toe. 'We willen zo min mogelijk in de natuur ingrijpen, snap je?'

Flo slikte. 'Maar moet je zo'n baby dan maar gewoon dood laten gaan?'

'Nee, natuurlijk niet,' zei Anouk nadenkend. 'We moeten nu even geduld hebben.'

Flo kreeg een brok in haar keel.

'Er zijn nog genoeg mogelijkheden te verzinnen,' verzekerde mama haar, die wel in de gaten had hoe erg Flo het vond. 'We hebben het er nog wel over.'

'Halen jullie het baby'tje er dan nog niet uit?' vroeg Flo bezorgd. Ze wilde eigenlijk niet weg voor ze zeker wist dat de katta-baby gered zou worden.

'Dat besluiten we zo dadelijk,' zei mama. 'We hopen dat een van de tantes of oudere zussen het diertje wil aannemen. Misschien gebeurt er een klein wonder.'

'Het gaat erom dat we lang genoeg wachten, zodat we kunnen zien of een van de andere vrouwtjes de kans aangrijpt. Maar té lang wachten kan niet, want dan wordt het aapje te zwak,' legde Anouk uit.

Ik hoop dat ze de juiste beslissing nemen, dacht Flo. Ze greep de deurklink, en keek nog een keer om. Mama en de dierenverzorgers hadden een grote verantwoordelijkheid, vond ze.

Op weg naar huis besloot Flo haar zusje nog maar niets te vertellen over de katta-baby. Ze moest eerst zeker weten dat het diertje gered zou worden, op welke manier dat ook zou zijn.

Thuis aangekomen liep ze meteen naar haar kamer. Ze moest nu echt iets aan haar huiswerk doen. Maar haar gedachten dwaalden steeds af. Ongeveer zestig gram weegt het katta-aapje, had Anouk gezegd. Dat was nog minder dan een reep chocola. Hoe zou het met hem gaan? Het moest wel heel erg zijn om door je moeder verstoten te worden. Een moeder zorgt toch altijd voor haar kind? Altijd!

Is er dan niets wat ik zou kunnen doen? peinsde Flo verder. In gedachten zag ze voor zich hoe ze 's nachts stiekem met haar vriendin Hanna naar de dierentuin zou gaan. Met mama's sleutel konden ze naar binnen. Ze zouden het babyaapje uit zijn hok halen en... Tja. Wat dan? Dan moeten we het verstoppen, maar waar? En waarmee geef ik het eten?

Ze schudde haar hoofd. Dit sloeg nergens op. Mama en Anouk waren ervaren genoeg om te weten wat ze moesten doen. Ze zouden heus wel een oplossing verzinnen die voor het diertje het beste was.

Sloper krabbelde aan de deur en Flo stond op om hem binnen te laten. Hij duwde zijn natte neus tegen haar hand. Ze aaide hem over zijn kop. 'Lieve Sloper, jij weet niet half hoe goed je het hier hebt. We zorgen allemaal voor je. Tenminste, meestal wel. Caro vergeet je wel eens, dat is waar.'

Sloper liep snuffelend rond en vond een lekker plekje naast Flo's bureau, op het pluizige blauwe kleed. Flo ging weer zitten. Ze hoefde alleen nog wat rekensommen te maken, dan was ze klaar. Maar het lukte haar niet. Bij elk geluid keek ze op. Was dat mama al?

Haar geduld werd op de proef gesteld, want pas toen het al donker was hoorde ze mama's sleutel in het slot. Ongeduldig rende ze naar beneden, in de haast trapte ze Sloper bijna op zijn staart.

'Hoe is het met de katta-baby?' vroeg ze een beetje buiten adem.

Mama maakte een hulpeloos gebaar met haar handen. Moe hing ze haar jas op en liet zich in de keuken op een stoel zakken. Flo schoof een voetenbank bij, zodat mama daar lekker haar benen op kon leggen. Ze schonk voor mama een glas appelsap in.

Mama vertelde dat ze nog een steenbok had moeten verzorgen, die een akelige verwonding had opgelopen. Het was een raadsel hoe het dier daaraan gekomen was. De verzorgers hadden de opdracht gekregen het hele veld waar de steenbokken woonden goed te doorzoeken.

'En toen moest ik nog een slang in ontvangst nemen. Die was door de douane in beslag genomen. Hij zit voorlopig in quarantaine.'

'Wat is kaaran eh dinges?' vroeg Flo nieuwsgierig.

'Dat betekent dat een dier voor een bepaalde tijd alleen in een hok moet zitten. Zo kunnen we eerst kijken of hij geen vreemde ziektes heeft waarmee hij de andere dieren kan besmetten.'

Tot slot had mama ook nog geholpen om twee gieren te vangen die moesten verhuizen naar een andere dierentuin.

Flo zat op mama's voetenbankje en schoof ongeduldig heen en weer. 'En de katta-baby? Heb je hem gered?'

Flo's moeder boog naar haar dochter en lachte haar toe. 'Ja hoor, het is gelukt, Anouk neemt hem onder haar hoede. Hij is niet het eerste apenkind dat zij met de hand grootbrengt. Dat kan ze goed.'

Flo slaakte een zucht van verlichting.

Hopelijk ga je het redden, kleine katta, dacht ze later op de avond toen ze in bed lag.

'Als ik jullie was, zou ik het niet aan de grote klok hangen,' zei papa de volgende morgen aan het ontbijt. Hij vouwde de krant op. 'Jullie plan kan een storm van kritiek losmaken.'

Mama knikte en wierp Flo een scheef lachje toe. Flo
dacht aan wat Tibbe gisteren gezegd had.
'Tja, aan de meeste besluiten kleven nu eenmaal
voor- en nadelen. Natuurlijk redden we het
aapje niet om daarmee als dierentuin de
aandacht te trekken.'
Papa zuchtte. 'Maar dat gaat vroeg of
laat wel gebeuren. Ook een dierentuin
moet overleven en bezoekers trekken.
En wat zien mensen nu liever dan een

aaibaar babyaapje dat met een flesje grootgebracht wordt?'

'Maar een katta-baby ís toch ook vet schattig!' riep Caro enthousiast.

Mama streek Caro over haar haar. 'Dat is het ook.'

'Ja. Maar het aapje wordt groter en dan is er een nieuw probleem,' legde Flo haar zusje uit. 'Tibbe heeft het mij gisteren uitgelegd. Katta-apen leven in een groep. Elke aap kent zijn eigen plek daarin. Maar als je een babyaapje uit die groep haalt en het met de hand grootbrengt, willen de andere apen daarna niets meer van hem weten. Snap je dat? Het apenkind kan waarschijnlijk nooit meer naar zijn groep terug.'

Caro zette grote ogen op. 'Je bedoelt dat het net zo is als wanneer papa en mama niet meer voor mij willen zorgen en mij in een kindertehuis plaatsen, en als ik dan na een paar jaar weer thuiskom iedereen tegen mij zegt: "Wie ben jij eigenlijk? Wegwezen!"'

Papa verslikte zich in zijn koffie.

Ook mama, die net een stukje brood in haar mond wilde stoppen, hield midden in de beweging stil. 'Hmm, als je het zo zegt klinkt het wel heel bot, maar… in principe heb je gelijk.'

'Maar dan nemen wij het aapje toch gewoon in huis, als de andere apen hem niet meer willen?' zei Caro triomfantelijk.

'Omdat wij ook een stel wilde apen bij elkaar zijn?' Mama moest nu lachen. 'Nou, eet smakelijk allemaal.'

'Tibbe vertelde ook dat de kleine katta's worden opgevoed worden door de groten,' ging Flo verder. 'Als er geen grote katta's zijn, maar alleen mensen, van wie moet de katta-baby dan leren hoe het is om in een groep katta's te leven?'

Flo zweeg en dacht na. De mensen zouden het babyaapje schattig vinden, daar had Caro gelijk in, maar niemand zou erbij stilstaan dat het later nooit meer zou kunnen leven zoals het moest leven, in zijn eigen groep.

Mama hapte in haar broodje. 'Maar we gaan natuurlijk wel proberen het aapje in een andere groep te integreren,' zei ze met volle mond. 'Dat is wel eens vaker gelukt.'

'Maar dan moet de katta-baby zeker wel naar een

andere dierentuin verhuizen?' vroeg Flo.

Mama knikte.

'Hecht je nooit teveel aan een dierentuindier', had mama Flo wel eens gewaarschuwd. 'Het is en blijft een wild dier en dat moet het ook blijven.'

'Mam, mag ik na schooltijd naar jou toe komen en de katta-baby zien?' vroeg Caro en ze nam een lik uit de pot chocoladepasta.

'Je bent geen diertje, Caro. Blijf eens met je vingers uit die pot en veeg je mondhoek schoon,' zei mama. 'En ja, je mag naar me toe komen, maar op voorwaarde dat je eerst Sloper uitlaat.'

'Goed dan,' bromde Caro en ze veegde met de rug van haar hand over haar mond, waarmee ze de vlekken alleen maar verder over haar gezicht verspreidde.

Zonder iets te zeggen, overhandigde papa haar een servet.

Jonge poesjes, gipsbeen en een dream-team

Toen Flo twee dagen later uit school even bij het asiel langsging, zag ze al van verre dat het bloembed waar Pip onkruid had gewied er nog behoorlijk armetierig bij lag. Alleen de Gevlekte Orchis had het overleefd, stelde Flo tevreden vast.

'Waar is Pip?' vroeg ze aan Karin, die net voorbij liep met een jong stel dat op zoek was naar een hond.

'Hij zou vandaag de kennels schoonmaken,' antwoordde ze maar ze keek er niet heel vrolijk bij, alsof ze wilde zeggen 'maar dat doet hij dus niet'.

En dus liep Flo verder, op zoek naar Pip. Ze was toch wel nieuwsgierig naar hem en wilde iets meer uit hem krijgen dan de vorige keer. Maar waar zat die jongen nu toch?

Ze deed de deur naar de kennels open en keek door de lange gang. Geen spoor van Pip.

Bij het kattenverblijf ontdekte ze een kruiwagen, een schep en een hark. Alle deuren hadden een glazen ruit, zodat je altijd zicht had op de dieren. Flo had Pip gauw gevonden. Hij zat bij het nest jonge poesjes, dat met mand en al op straat gevonden was. Een voorbijganger had ze naar het asiel gebracht.

Pip merkte niet dat Flo bij de deur stond. Hij zat op de grond met een klein poesje in zijn armen. Hij streelde het over zijn kopje. De andere kittens lagen lekker warm bij elkaar in de mand.

Flo dacht even na wat ze zou doen. Als ze nu naar binnen ging, zou Pip zich betrapt voelen. Want hij vond het vast niet erg cool om jonge katjes te knuffelen.

Wat een gelukje dat ik hier zo vaak kom en weet hoe de kittens gevoerd moeten worden, dacht Flo en ze verdween naar de keuken om de flesjes te halen.

Met haar elleboog drukte ze even later de deurklink naar beneden en opende de deur. 'Superschattig hè, die kleintjes?' zei ze en duwde Pip nog voor hij snel kon opstaan een flesje in de hand. 'Hier, het is tijd voor de voeding. Maar let op, want deze mini tijgertjes kunnen flink knoeien.'

Pip leek zijn tong verloren te zijn. Verlegen keek hij eerst naar de fles, en vervolgens naar de kitten in zijn armen.

Van alleen maar kijken naar die fles groeit het poesje niet hoor! wilde Flo zeggen, maar het diertje kwam zelf al in actie. Het maaide met zijn pootjes naar de fles en mauwde zacht.

Eindelijk leek Pip te ontwaken. Een beetje onhandig stopte hij de speen in de bek van het diertje en zei nog steeds niets.

'De eerste tijd zijn ze met een spuit gevoerd,' vertelde Flo. 'Want volgens Karin was het niet zeker of ze het zouden overleven, zo klein en zwak waren ze. Als je ze nu ziet…'

Ze maakte haar zin niet af. Hoe zouden Pips vrienden reageren als zij hen hier zo zagen zitten. Misschien zouden ze hem uitlachen, 'Pip de Poezenmama' of 'Waar is je slabbetje' zeggen.

'Als het poesje klaar is met drinken, moet je het op zijn rug leggen en voorzichtig over zijn buik wrijven,' ging ze door. 'Normaal likt de moeder de buikjes van de jongen. Dat is goed voor de vertering, snap je.'

Nu werd Pip rood. Was hij bang om iets verkeerd te doen? Een moment dacht Flo dat hij zou opspringen en wegrennen. Ze pakte snel het poesje van hem over en draaide hem op zijn rug. 'Kijk, zo doe je dat. 't Is niet moeilijk.'

'Hoe lang moet je dat doen?' vroeg Pip ineens. 'Ik bedoel, over zijn buikje aaien. Want ik kan anders ook wel even een andere gaan voeren.'

'Ik dacht dat je je tong verloren was,' lachte Flo en ze grijnsde. 'Pak er maar eentje.'

En zo zaten ze stil naast elkaar en voerden de jonge poesjes. Pip leek het echt leuk te vinden.

'Blijf je hier nog lang?' probeerde Flo het gesprek weer te openen.

'Eigenlijk maar twee weken,' mompelde Pip. Maar toen klaarde zijn gezicht op. 'Mijn begeleider heeft geregeld dat het telt als een echte stage. Op voorwaarde dat ik wel mijn best doe en het hier niet verknal.'

Flo lachte. 'Tuinieren heb je misschien niet zo in de vingers. Maar de jonge poesjes voeren kun je wel.'

Plotseling ging de deur open. Caro kwam binnen.

'Wat doe jij nu hier?' vroeg Flo verbaasd. 'Jij zou toch naar mama gaan.'

'Mama had het veel te druk, die slaat helemaal door.'

'Hoezo?' Flo wreef met haar vinger wat melk van een poezensnuitje. 'Heb je nu wel de katta-baby gezien?'

Caro knikte. 'Hij is lief en ongeveer zo klein als dit,' en ze hield haar wijsvinger en duim een stukje uit elkaar. Ze keek ernstig. 'Maar het gaat niet goed met hem. Hij heeft diarree en mama moet nog kijken wat ze daartegen kan doen.'

Flo wiegde een poesje in haar armen. Het had zijn buikje vol en zijn oogjes zakten dicht. 'Zo ging het met deze jonge poesjes ook. Ze moeten gewoon eerst wennen aan de vervangende melk.'

'Ja,' zei Caro, 'het katta-aapje moet heel vaak gevoerd worden, elk uur of zoiets. Anouk en Tibbe hebben dat om beurten gedaan, maar nu ligt Anouk in het ziekenhuis.'

'Ligt Anouk in het ziekenhuis?!' riep Flo geschrokken. En iets zachter liet ze erop volgen: 'Waarom dan?'

'Ze is van een ladder gevallen en nogal ongelukkig terechtgekomen. Ze heeft een gebroken been,' legde Caro uit. 'Pech hè?'

Flo fronste en aaide diep in gedachten het poezenjong zachtjes over zijn buik.

Pip kuchte. 'Kan iemand mij vertellen waar dit over gaat? Ik weet wel wat katjes zijn, maar wat is in hemelsnaam een katta?'

Flo's vader hief afwerend zijn handen omhoog, alsof hij in de kraag gevat werd. 'Nee, nee, daar komt niets van in!'

Mama streek met een vermoeid gebaar over haar voorhoofd. Ze had diepe kringen onder haar ogen en zag er gespannen uit.

'Ah pap, please?' Waarom nou niet?' Caro hupte van haar ene been op het andere.

Papa legde een hand op haar schouder. 'Caro, ik word helemaal dol van dat gespring van jou.'

Mama maakte een hulpeloos gebaar met haar handen. 'Tibbe kan het niet meer in zijn eentje aan. We hebben gewoon tekort aan personeel. Ook bij de chimpansees is er een verzorger ziek en de twee stagiaires zijn te onervaren, daar hebben we momenteel meer werk aan dan dat ze iets bijdragen. We moeten steeds in de gaten houden of ze geen domme dingen doen.'

Flo dacht aan Pips eerste dag bij het bloembed en ze grijnsde.

'Waarom moeten wij het oplossen?' vroeg papa een beetje verwijtend. 'Hoe zie je dat voor je? Jij bent volgens mij onmisbaar in de dierentuin. Het beestje kan niet mee naar de dierenkliniek dus zou ik vrije dagen moeten opnemen. Alleen naar het asiel zou ik hem in geval van nood wel eens een keertje mee kunnen nemen.'

Flo keek papa hoopvol aan. Dat klonk al een beetje alsof papa wel een mogelijkheid zag!

Ze zaten al een half uur met elkaar om de tafel. Mama zag geen andere mogelijkheid dan de katta-baby mee naar huis te nemen. In elk geval tot Anouk weer beter was. Een felle discussie was losgebarsten tussen papa en mama, waarbij Flo en Caro natuurlijk partij voor mama kozen! Flo kon niet wachten om zich over het babyaapje te ontfermen.

'Het is toch maar een paar dagen, Andreas, en dan is Anouk al weer uit het ziekenhuis. Met een gipsbeen kun je prima een babyaapje de fles geven.' Mama keek papa vastberaden aan.

Flo tikte papa op zijn schouder. 'Caro en ik zijn er ook nog. Wij voeren ook de jonge poesjes in het asiel, waarom zouden we dan niet voor een katta-baby kunnen zorgen?'

Papa zette zuchtend zijn ellebogen op tafel en liet zijn hoofd op zijn handen steunen. 'O jee, wat moet ik beginnen tegen deze overmacht van vrouwen!'

'Je moet je overgeven!' riepen Flo en Caro tegelijk.

'Kom op, pap,' lachte Flo. 'Wij zijn een dream-team. Mama is dierenarts, jij bent dierenverzorger en Caro en ik zijn perfecte pleegmama's.'

'Nou, hoe zorgzaam Caro voor Sloper is, hebben we onlangs nog gezien,' zei papa en hij keek Caro streng aan.

Caro stampte boos met haar voet. 'Dat is gemeen!'

Flo kwam voor haar zusje op. 'Dat is waar, ze had Sloper niet mogen vergeten. Maar voor de jonge poesjes in het asiel zorgt ze wel heel goed,' verzekerde ze papa.

'We beloven plechtig dat we het babyaapje niet zullen verwennen,' voegde Caro er haastig aan toe.

Papa hief zonder op te kijken zijn hand op. 'Oké

dan, geef me even de telefoon. Ik zal eerst eens horen of ik op zo'n korte termijn een paar dagen vrij kan nemen.'

'Jippie!' riep Flo en ze stak haar hand omhoog naar mama en Caro. 'High five!'

Pluizige vacht, de letter F en een rechterslof

De hele familie was op slag verloren bij de aanblik van de kleine katta-baby. Mama bracht het diertje mee in een poezenreisbox, waarin ook een zachte speelgoed-katta lag.

De katta-baby klemde zich met zijn dunne vingertjes aan de knuffel vast en keek schuw en angstig om zich heen. Het zachte piepende geluid dat hij maakte was zo aandoenlijk.

Zijn oogjes waren nog zwart, niet oranje zoals bij zijn grote soortgenoten. Flo vond dat hij eruitzag als een soort dwerg, met zijn dunne grijze haartjes hoog op zijn kopje en de scherpe puntoortjes. De lange ringstaart, die later sterk en pluizig zou worden, deed nu denken aan een muizenstaartje.

'Hij is zo schattig!' fluisterde Caro. 'En zo pietepeuterig. Je hebt bijna een vergrootglas nodig.'

'Natte neus aapje,' fluisterde Flo, omdat ze dat zo'n grappig woord vond. 'Wat ben je een zoet natte neus aapje.'

Papa pakte een stoel, opende het traliedeurtje en bekeek het babyaapje eens goed.

'Is het een mannetje of een vrouwtje,' wilde Flo weten.

'Een mannetje,' antwoordde mama en ze maakte een tas open waarin alle spullen zaten die ze nodig hadden voor de verzorging van de kleine jongen: de speciale melk, melkvet, plastic spuiten met een soort speen eraan die ze de eerste tijd zouden gebruiken om hem te voeren, medicijnen en spuugdoekjes en luierdoeken.

'Hij heeft nog geen naam,' voegde ze eraan toe. 'Hij stamt uit een F-familie. Zijn moeder heet Felice, zijn tantes heten Fenja en Fien. Hij moet ook een naam krijgen die begint met de letter F.'

Flo keek nadenkend in de reisbox. 'Natte-neus-aapje

Flurrie,' zei ze toen zonder lang nadenken. 'Hij ziet er echt uit als een kleine Flurrie, vinden jullie niet?'

Papa hield zijn hoofd een beetje schuin. 'Je hebt gelijk.'

Mama lachte. 'Maar geen doopceremonie, we mogen hem niet onrustig maken.'

De eerste maaltijd voor het katta-aapje was een gebeurtenis die niemand wilde missen. Mama nam het aapje heel behoedzaam uit de reisbox, terwijl de anderen – Sloper was natuurlijk ook van de partij – zich om haar heen schaarden en zwijgend toekeken hoe ze met de spuit steeds een druppeltje melk in zijn bekje liet vallen.

Flurrie verdween bijna helemaal in haar hand, alleen zijn kopje piepte er angstig bovenuit. Hij keek ietwat moeilijk, alsof het een grote inspanning was om zo gevoerd te worden.

Flo merkte ineens dat ze haar adem inhield van spanning. Dit is misschien wel het mooiste wat ik ooit heb meegemaakt, dacht ze. En ik heb al heel wat poezenbaby's de fles gegeven!

Ook Caro keek ademloos toe. 'Heeft Flurrie eigenlijk

nog diarree?' vroeg ze zachtjes.

Mama knikte. 'Dat zal nog wel een paar dagen duren, maar het gaat de goede kant op.'

Toen Flurrie nog een paar druppels binnen had gekregen, hing hij met een melksnor om zijn bekje als een slappe vaatdoek in mama's hand. Het diertje was uitgeput. Mama legde hem op zijn rug op schoot en maakte met een spuugdoekje zijn kop schoon.

'Flo, wil je mij alsjeblieft even het borsteltje geven dat in de tas zit.'

Flo vond een kleine roze borstel in de tas. Ze hield hem verbaasd omhoog. 'Is dat een poppenborstel ofzo?'

Mama nam het van haar over. 'Goed geraden. Soms moet je slim zijn, toch?'

'Maar dat is de verkeerde kleur hoor,' protesteerde Flo lachend. 'Flurrie is een jongen!'

Mama begon met gelijkmatige, zachte streken de katta over zijn hele lijfje te borstelen, precies zoals de lange tong van zijn moeder dat zou doen.

Papa keek een beetje bezorgd op zijn horloge. 'Tjonge, dit hele ritueel heeft de kleine hummel om de twee uur nodig. Nou ik hoef me in elk geval niet te vervelen,' zuchtte hij.

Op hetzelfde moment voelde Flo een stevige duw in haar knieholte. Sloper was duidelijk niet erg enthousiast dat de hele familie vol aandacht was voor het babyaapje.

Flo boog zich naar de hond toe en krabbelde hem achter zijn oren. 'Maak je geen zorgen, Sloper, ik vergeet je heus niet.'

'Kom Sloper,' probeerde mama de hond naar zich toe

te lokken, 'zeg eens dag tegen ons nieuwe familielid.'

'Tijdelijk familielid,' bracht papa meteen in herinnering.

Aarzelend kwam Sloper dichterbij en stak haar neus omhoog, ze snuffelde in de buurt van het aapje.

Mama aaide de hond. 'Braaf zo, Sloper. Dit is Flurrie. Die blijft hier een poosje logeren.'

Sloper snuffelde nu een beetje aan het bijzondere wezentje, dat eruitzag als een harig marsmannetje, en verloor al snel zijn interesse. Hij liep naar de gang, waar zijn mand stond.

'Dit is vijf miljoen keer leuker dan tv kijken,' zei Caro, die haar blik niet van het aapje kon afhouden.

'Ja, vind ik ook,' viel Flo haar bij.

Mama glimlachte en legde de borstel neer. En toen deed ze wat Flo al die tijd stiekem vurig had gehoopt, maar waar ze nu toch opeens wel ontzag voor had. Mama hield haar de katta-baby voor en vroeg: 'Hier, Flo, wil jij hem nu even vasthouden?'

Flo voelde haar hart bonkend tekeergaan. Ze had vaak jonge poesjes of welpjes in haar handen gehouden, maar dit was toch iets heel anders.

Dapper strekte ze haar handen uit. Mama legde behoedzaam het diertje erin, gewikkeld in een zachte luierdoek. Flo wist dat ze beheerst en voorzichtig moest zijn.

'Flurrie moet de zekerheid van je handen voelen, en tegelijk moet je heel zacht zijn,' zei mama.

'Ik weet het,' fluisterde Flo.

Door het zachte velletje voelde ze de tere botjes van het katta-aapje, dat zijn oogjes nu weer open had gedaan.

'Hallo Flurrie, ik ben Flo. We zullen elkaar de komende tijd nog vaak zien,' fluisterde ze, terwijl ze met de top van haar wijsvinger zacht over zijn buikje streek.

Papa glimlachte. 'De kleine man zal je het al snel lastig gaan maken, let maar op mijn woorden.'

Maar Flo hoorde haar vader nauwelijks. Ze ging helemaal op in het katta-aapje. Ze voelde hoe het hartje klopte in zijn borst.

Het zal wel even wennen zijn voor Flurrie, dacht ze.

'Zo, Flurrie moet nu even uitrusten,' besloot mama even later en ze nam het aapje weer over van Flo. Voorzichtig zette ze hem weer in de reisbox, waar

Flurrie zich meteen weer aan het knuffelaapje vastklampte.

Flo voelde een steek. Het was natuurlijk fijn dat Flurrie zo blij was met de knuffel, maar dat was niet zijn eigen moeder. Het was en bleef een knuffel. En zijn echte moeder had hem verstoten.

Flo's vader deed het traliedeurtje weer dicht. 'Nu laten we hem alleen. Hij zal ons nog genoeg laten draven!'

Toch liep de hele middag telkens wel iemand even naar de reisbox. Het was allemaal zo nieuw voor iedereen. Vooral Flo en Caro gluurden steeds even in de reisbox, om te kijken of het goed ging.

'Heb je geen huiswerk, Flo? En Caro moest jij niet je kamer opruimen?' vroeg papa opeens en hij keek hen streng aan.

Caro ging dralend naar boven. Flo wierp nog een laatste blik op de slapende Flurrie en moest even glimlachen. Toen liep ze ook naar de trap, die haar tree voor tree, of ze nu wilde of niet, steeds een stapje dichter bij haar huiswerk bracht.

Zodra ze haar hand op de deurklink legde, wist ze het. Ze voelde nog eerder dat Sloper in haar kamer was, dan dat ze hem zag.

'O nee!' riep ze.

Voor de tweede keer in

korte tijd keek Sloper haar met zijn meest onschuldige hondenogen aan. Naast hem lag de rechterslof. Flo hoefde hem niet te pakken om te zien dat het ding totaal aan flarden was.

Nou ja, dacht ze. Nu zijn ze allebei kapot. Aan één slof had ik toch niets!

Een wilde horde,
mollen en
kleine plasjes

Die nacht werd Flo twee keer wakker van zachte voetstappen en gefluister. Haar ouders probeerden zo stil mogelijk te doen als het voedingstijd was voor Flurrie, maar Flo hoorde hen toch. Dat kwam ook door Sloper, die 's nachts bijna altijd op het blauwe kleed naast haar bed sliep. De hond stond steeds op. Sinds de komst van het katta-aapje gedroeg Sloper zich extra aanhankelijk. Hij week niet van haar zijde. Nachtelijk rumoer maakte hem waakzaam, dat was nu eenmaal zijn aard, dan wilde hij op onderzoek uit.

Onuitgeslapen ging Flo de volgende morgen naar school. Het ontbijt met de hele familie was nogal hectisch geweest omdat het samenviel met Flurries etenstijd. Flo was bijna te laat gekomen. 'We moeten er allemaal nog aan wennen en op elkaar inspelen,' legde ze gapend uit aan Hanna, die alles wilde weten over het aapje.

Het nieuws dat er bij Flo thuis een katta-aapje logeerde, was als een lopend vuurtje de klas rondgegaan. Alle kinderen waren nieuwsgierig. Daarom besloot de meester dat ze eerst maar eens in de kring moesten gaan zitten, zodat Flo alles kon vertellen.

Flo voelde zich heen en weer geslingerd alsof ze op een schommel zat. Ze was er natuurlijk best trots op dat ze zoveel over het diertje wist te vertellen en dat zij zelf mocht helpen met de verzorging. Maar ze stond niet zo graag in het middelpunt van de belangstelling. En ergens in haar hoofd zoemde ook de waarschuwing van papa rond niet alles aan de grote klok te hangen.

Het liefst was de hele klas uit school met Flo mee naar huis gegaan om het katta-aapje te bewonderen, maar dat had Flo niet goed gevonden. 'Het is nog maar een babyaapje en bovendien is hij nogal verzwakt,' had ze uitgelegd. 'Hij heeft rust nodig.'

Alleen Hanna had ze in het oor gefluisterd dat ze natuurlijk mee mocht.

Toen Flo naar huis liep, besefte ze dat het enthousiasme voor het aapje bij Caro in de klas net zo groot was. Een horde kleine meisjes rende haar voorbij.

Flo hoopte maar dat Caro zich aan de afspraak had gehouden. Maar ze vreesde het ergste. Toen ze een paar dagen later uit school naar huis liep, kwam ze weer een hele groep kinderen tegen uit Caro's klas. Ze waren door mama weggestuurd. Bij de voordeur kreeg Caro net op haar kop van mama. 'We kunnen net zo goed een bordje ophangen en entreegeld heffen,' zei mama boos. Ze was duidelijk gespannen. 'Caro neemt niemand meer mee, en daarmee uit,' zei papa die zijn vrouw en dochter zacht maar vastberaden naar binnen duwde.

Caro was boos. 'Waarom mocht Flo dan wel Hanna meenemen?'

'Stel je nu een keertje niet zo aan, Caro. Je snapt toch hopelijk ook wel dat er een groot verschil is tussen Flo's beste vriendin die één keertje meekomt, en een

horde gillende meiden die hier de deur platloopt,'
antwoordde mama nijdig en ze smeet een plastic tas
op het aanrecht. 'Vanavond diepvriespizza!' en weg
was ze.

Papa wilde net iets zeggen toen ook Caro de keuken
uit stampte en de deur dichtsmeet. Hij rolde met zijn
ogen. Dit was precies wat hij al had voorzien!

Flurrie werd met de dag levendiger. Langzaam aan
had hij niet meer voldoende aan alleen eten en slapen
met zijn knuffel. Hij wilde beziggehouden worden. Het
lastige was dat hij geen enkel besef van dag en nacht
had, want ook 's nachts wilde hij wel spelen. Inmiddels
was hij ook toe aan andere voeding. Ze moesten hem
laten wennen aan groenten en havervlokken.

'Flo, kom eens,' zei papa op een middag. 'Mama is
erg gestrest,' legde hij uit. 'We slapen al tijden slecht

en Anouk is lang niet zo snel beter als wij hadden gedacht. Bovendien is er een mol.'

'Mol?' vroeg Flo. 'Heeft de dierentuin nu ook al mollen? Maar die wonen toch onder de grond? Daar hoeft mama toch niet voor te zorgen?'

Papa lachte. 'Ik bedoel dat iemand tegen de afspraken in toch informatie aan de krant heeft doorgespeeld over Flurrie. Zo iemand wordt ook wel een "mol" genoemd. Er heeft gister een kritisch artikel in de krant gestaan waarin beweerd wordt dat er rondom de katta-baby net zo'n hype gecreëerd wordt als destijds bij ijsbeer Knut*. Puur en alleen omdat het geld in het laatje zou brengen. De journalist roept de dierenbescherming op om iets te doen enzovoort.'

Flo liep naar het kooitje. De katta hield haar met zijn zwarte, opmerkzame oogjes nauwlettend in de gaten. 'Ze maken er wel een drama van. Het gaat toch maar om één aapje. Dat Flurrie hier een apenshow aanricht is meer dan voldoende. Dat mag hij, want hij is nu eenmaal een aap!'

zie pagina 106

Met een knikje maakte papa duidelijk dat ze het deurtje kon opendoen om Flurrie eruit te halen. Weliswaar was de kooi een plek waar hij in alle rust kon zitten en slapen, hij had inmiddels ook wel wat beweging nodig. Hij moest leren klimmen!

Flurrie was met een sprong uit zijn kooi en klauwde

zich aan Flo's trui vast. Hij keek nieuwsgierig om zich heen.

Plotseling hoorden ze Caro op de trap brullen. 'Hou op, Sloper!! AF!' Hetzelfde moment rende de hond kwispelend de kamer in.

Flo voelde hoe Flurrie, die op haar schouder zat, in elkaar dook. Voor de zekerheid pakte ze hem en legde hem in haar armholte om hem te kalmeren. Hij maakte een klagelijk geluid, het klonk een beetje als het miauwen van een jong katje, maar krachtiger.

Flo had al zoveel over katta's gelezen dat ze inmiddels wist dat deze dieren een eigen soort taal hadden ontwikkeld en door middel van verschillende soorten geluiden dus met elkaar konden praten.

Ze had al eens overwogen om in de dierentuin de geluiden van de katta's op te nemen en deze aan Flurrie te laten horen. Misschien kon hij ze ook leren en zou hij zich bovendien minder alleen voelen. Maar ze realiseerde zich dat zij natuurlijk geen idee had wat ze hem dan liet horen. Stel nou dat het geluiden waren waar hij juist onzeker van werd? Of dat het grote onzin was?

Caro kwam nu ook binnengestormd en smeet iets op de grond. 'Stomme Sloper. Kijk nou toch eens!'

'Als je het op de grond gooit, kan ik niet zien wat het is,' zuchtte papa.

Knorrig raapte Caro het bundeltje stof op en duwde het hem in de hand. Papa vouwde het open en hield het omhoog. Sloper had Caro's favoriete sweater te pakken gehad. Er zat een groot gat in.

Boos stond Caro voor de hond en ze balde een vuist. 'Je bent een stoute hond!'

Sloper dook schuldbewust in elkaar en kwispelde zachtjes. Hij leek heel goed te snappen dat hij het verprutst had.

Papa schraapte zijn keel. 'Weet je nog, toen jij 's middags niet aan Sloper gedacht had? Hij voelde zich verwaarloosd en had Flo's slof kapotgebeten. Weet je ook nog wie er het hardst riep dat Flurrie hier moest komen logeren? Nu voelt Sloper zich wéér in de steek gelaten, omdat Flurrie zoveel aandacht nodig heeft.' Hij wierp een blik op de kapotte sweater in zijn handen. 'Ik vind het ook vervelend. Maar misschien kunnen de gaten nog dichtgemaakt worden.'

Ineens stroomden er dikke tranen uit Caro's ooghoeken. Maar dat was niet het enige wat stroomde.
Onder Sloper, die nog steeds in elkaar gedoken zat,
vormde zich een klein plasje.

'O nee! Sloper heeft op de grond geplast. Dat heeft
hij in geen tijden gedaan!' riep papa en hij deed gauw
de deur open om Sloper naar buiten te laten.

Op hetzelfde ogenblik voelde Flo haar hand ook
nat worden. 'O jee.' Ze hield het aapje voorzichtig
omhoog en pakte gauw een doek die klaar lag voor
dit soort gevallen. 'Gelukkig ben jij nog maar een
kleintje. Een kleine katta, een klein plasje.'

De keukendeur ging open en mama stak haar hoofd
om de hoek. 'Wat is hier nu aan de hand?' vroeg ze
verbaasd.

Flo lachte en hield Flurrie omhoog, die zijn
kabouterarmpjes uitstrekte. 'Niks hoor mam, alleen
maar een beetje lekkage!'

Mam liet zich op een stoel neervallen. 'Hoorde ik nu
net iets over verwaarloosde dieren? Ik voel me ook
verwaarloosd. Ik kan wel een paar extra knuffels
gebruiken.'

'Dan is het maar goed dat oma Tonia snel komt,' zei papa, terwijl Flo al met Flurrie bij mama op schoot was gekropen. Ook Caro kon weer een beetje lachen. Mama streek haar opbeurend door haar haar.

Toen oma Tonia een paar dagen later de kamer binnenkwam en Flurrie op mama's arm zag zitten, sloeg ze haar handen ineen en lachte. 'Lieve Julia, verklaarde jij een paar jaar geleden niet plechtig dat je nooit een derde kind zou krijgen? En nu heb je er toch een. En dan ook nog zo'n grappig exemplaar.' Ze hield haar hoofd een beetje scheef. 'Lijkt de kleine op jou of op Andreas?!'
Flo grijnsde en viel haar oma om de hals. Als oma Tonia op bezoek kwam, was alles een beetje anders. Haar aanwezigheid was in het hele huis merkbaar. Al was het alleen maar omdat haar ouders dan

meer ontspannen waren. Maar ook omdat er meer te lachen viel. Oma's vrolijke lach was hoe dan ook aanstekelijk. Oma heette eigenlijk Antonia, maar zo noemde niemand haar.

Flo's moeder liep nu met Flurrie op haar arm naar oma toe. Ze aaide het diertje over zijn grijze kopje. Flurrie maakte een piepend geluidje. 'Het is inderdaad net een mensenbaby,' zei ze. 'Ik herinner me nog heel goed dat ik er iedere nacht uit moest om Caro stil te krijgen met een nachtvoeding.'

'Mag ik?' Oma Tonia strekte aarzelend haar wijs-vinger uit naar Flurries kopje. 'Hoe lang blijft deze kleine jongen bij jullie?'

Er viel een stilte. Dit was een vraag waarover ze het liever niet hadden. Flurrie zou eigenlijk heel kort blijven. Maar inmiddels was hij er alweer een hele tijd. Ze waren allemaal zo aan zijn aanwezigheid gewend, dat niemand wilde denken aan het moment van afscheid.

Flo zuchtte. Datgene waarvoor mama en Tibbe haar gewaarschuwd hadden, was uitgekomen.

De gedachte dat Flurrie hier eigenlijk niet hoorde, was zomaar op de achtergrond geraakt. Wat mama haar had willen besparen, was toch gebeurd: ze was haar hart verloren aan een dierentuindier. Ook al was het niet altijd makkelijk met Flurrie in huis. Hoe klein hij ook was, hij gaf kleur aan het alledaagse leven.

'Ik zal je missen, Flurrie,' fluisterde Flo, toen mama haar het katta-aapje gaf zodat ze zelf de handen vrij had om oma Tonia te helpen met de bagage.

Flo wist dat Flurrie over niet al te lange tijd naar de dierentuin zou terugkeren. De verzorgers wilden proberen hem met twee oudere katta-vrouwtjes in een kooi te zetten.

Papa was al een paar keer met Flurrie naar de dierentuin geweest. Tot nu toe had hij weinig interesse getoond in zijn soortgenoten. Integendeel, want hij had zich angstig aan papa vastgeklampt zodra een van de katta-vrouwtjes een beetje nieuwsgierig in zijn buurt was gekomen.

Als Flo daaraan dacht, voelde ze een steek in haar hart. Een beetje verdrietig keek ze naar het aapje dat lekker op zijn vingers zat te sabbelen. Flurrie was in korte tijd al veranderd. Hij was nog steeds licht als een veertje, maar in zijn armen en benen had hij nu wel wat meer kracht gekregen. En hij wilde steeds meer uitproberen.

'We zullen je allemaal heel erg missen,' zei Flo. 'Met uitzondering van Sloper dan,' voegde ze eraan toe. De hond was net bezig om alle aarde uit de pot met de yuccapalm te gooien, om zo de aandacht weer een beetje op hem te vestigen.

Kleverige stroop, klauteraap en een tweede poging

Flo's vader had besloten dat Flurrie zo nu en dan maar eens mee moest naar het asiel. Zijn vakantie zat er bijna op en oma Tonia was er ook nog maar een paar dagen om te helpen. Als het halfaapje kon wennen in het asiel, zo hoopte papa, kon hij daar ook naartoe op de dagen dat papa zelf in de dierenkliniek moest werken en de meisjes naar school waren. Mama was een beetje bezorgd dat Flurrie nu ineens met wel heel veel andere mensen te maken kreeg. Maar papa vond ook dat Flo een beetje rust moest hebben, want ze had de afgelopen tijd zoveel voor Flurrie gedaan dat ze helemaal geen tijd had gehad om met vriendinnen af te spreken. Dat leek hem geen goede zaak.

Flurrie zelf onderging het allemaal kalm. Zijn eetlust leed in elk geval niet onder de nieuwe situatie.

Voor Flo was het minder eenvoudig. Toen ze een paar dagen later bij het asiel kwam om Flurrie op te halen, moest ze toezien dat Pip Flurrie zijn eten gaf, onder toezicht van papa. Haar Flurrie! Ze stond aan de grond genageld. Eerst kon ze het vreemde gevoel, dat haar langzaam overspoelde als kleverige stroop, niet goed plaatsen. Tot ze besefte dat ze jaloers was.

'Flo, daar ben je al,' begroette haar vader haar. 'Help je mee om Flurrie in zijn reisbox te zetten?'

Flo knikte, maar haar vader was nog niet weg of ze wendde zich tot Pip. 'Je moet je niet aan hem hechten,' zei ze kattiger dan ze wilde. 'Hij moet hoe dan ook weer weg. Dat is het beste voor hem.'

Meteen had ze een slecht geweten. Ze vond Pip intussen heel aardig. Hij gaf echt om de dieren en deed ook erg zijn best. Karin was heel tevreden over deze ontwikkeling. Ze had haar gister nog verteld dat ze geregeld had dat Pip na zijn taakstraf nog een half jaar extra mocht blijven als stagiair.

Toch deed het haar goed dat Flurrie bij het horen van

haar stem meteen zijn kopje hief en opgewekt piepte. Behoedzaam nam ze het katta-aapje van Pip over en zette hem op haar arm. Meteen had het diertje met zijn sterke vingertjes haar trui te pakken en klauwde zich omhoog, naar haar rug.

'Wat vind je ervan, Flurrie, zullen we dan maar?' vroeg Flo een beetje besmuikt. Toen ze hem van haar rug wilde pakken om hem in de reisbox te zetten, merkte ze pas dat hij zich had vastgehaakt in haar trui. Voorzichtig probeerde ze zijn vingers uit de wol los te maken. Ze voelde dat ze rood werd. Ze was nog altijd bang om hem pijn te doen als ze hem stevig vastpakte.

Pip stond er een beetje verloren bij en wist kennelijk niet wat hij doen moest. 'Kan ik... je ergens mee helpen?' vroeg hij ten slotte. 'Of zal ik je vader even halen?'

'Flurrie zit vast,' legde Flo uit. 'Wil jij proberen de draden los te wikkelen? Dat lukt me niet met één hand, want met de andere hand moet ik hem vast houden.'

Op hetzelfde moment bedacht ze dat ze onzin uitkraamde. Draden los wikkelen, dat sloeg toch helemaal nergens op?

Ook Pip was bang om Flurrie pijn te doen en probeerde voorzichtig het dier te bevrijden. Zo voorzichtig dat Flo een beetje ongeduldig werd.

'Als het niet lukt, moeten we de draden doorknippen,' stelde Pip vast.

'Ben je gek?' riep Flo. 'Mijn oma heeft deze trui gebreid. Niks doorknippen. Hou die kleine klauteraap vast, dan heb ik mijn handen vrij.'

Flurrie piepte klagelijk en Flo moest toegeven dat zij er zelf ook zenuwachtig van werd. Eindelijk lukte het Flurrie los te maken en hem in zijn reisbox te zetten.

Ze nam afscheid van Pip, die er een beetje verloren bij stond. Langzaam werd haar hartslag kalmer.

Flurrie werd steeds vindingrijker. De volgende nacht slaagde hij erin het traliedeurtje open te maken en uit zijn reisbox te ontsnappen. Toen Flo 's morgens beneden kwam om te ontbijten, waren haar ouders – in hun pyjama – naar de katta op zoek. Aan Sloper was geen speurhond verloren gegaan. Hij scharrelde zo'n beetje achter Flo's vader aan en zocht dan op die plek waar papa al gekeken had. Flo voelde een nare kriebel in haar buik. Stel nu dat Flurrie achter een kast gevallen was? Snel pakte ze de zaklamp, die tegenwoordig altijd klaar lag. Maar een blik achter de kast stelde haar gerust. Daar was Flurrie niet. In een mensenhuis liggen veel gevaren op de loer voor een katta-aapje, maar ook genoeg uitdaging…

Instinctief trok Flo voorzichtig de gordijnen open. 'Daar zit die kleine ontsnapte aap!' riep ze.

Flurrie had zich aan de gordijnen vast geklauwd en was tussen de plooien nauwelijks te zien. Hij keek naar de hele familie die zich beneden hem verzameld had, alsof hij niet goed wist wat hij met de situatie aan moest.

Flo en Caro lachten opgelucht en Sloper kwispelde

vrolijk met zijn staart. De zoekactie had wel een poosje geduurd en Flo had alleen nog maar tijd om gauw even een kommetje cornflakes naar binnen te proppen voor ze naar school moest.

'Wat vreemd eigenlijk dat Flurrie helemaal niet geroepen heeft,' zei mama, toen Flo de deur uit wilde lopen.

'Tja, wij zijn duidelijk niet zijn eigen familie,' antwoordde papa en hij fronste zorgelijk.

Piekerend ging Flo op weg naar school. Ze was toch een beetje geschrokken van dit gesprek tussen haar ouders. Zou Flurrie wel naar zijn echte moeder geroepen hebben?

De ochtendlijke zoekactie deed Flo's ouders ertoe besluiten dat Flurrie vandaag nog naar zijn soortgenoten gebracht moest worden. Ze zouden het nog een keer proberen.

Papa sms'te Flo dat ze uit school meteen naar de dierentuin mocht komen.

Buiten adem kwam ze bij het apenhuis. Haar ouders stonden een beetje verdekt opgesteld, op een paar meter afstand van het terrein waar de katta's woonden. 'Het is beter dat Flurrie niet ziet dat wij in de buurt zijn,' verklaarde mama die haar blik intussen strak op de halfapen gericht hield.

Tibbe had drie vrouwtjes uit de groep gehaald die altijd heel zorgzaam gedrag vertoonden en zich al vaker om jonkies bekommerd hadden.

Gespannen keken Flo en haar vader en moeder toe wat er zou gebeuren. Steeds als een van de vrouwtjes in de buurt van Flurrie kwam, hield Flo haar adem in. De katta's waren duidelijk nieuwsgierig naar Flurrie, maar gingen voorzichtig te werk.

In tegenstelling tot Flurries vader, Frodo. Hij zat weliswaar in een aangrenzend apenverblijf, maar had in de gaten dat er bezoek was en hij protesteerde luid. Hij vond Flurrie een indringer!

Voor Flurrie was het allemaal een beetje te veel. In plaats van naar zijn soortgenoten toe te gaan, draaide

hij hun de rug toe en kroop terug in zijn reisbox. Flo
vond dat hij er heel treurig uitzag.

'O lieve help nog aan toe, dat gaat niet goed!' riep
mama ineens toen ze zagen dat Flurrie uit de reisbox
kwam en probeerde zich door de tralies van het
apenverblijf te wringen. En dat lukte hem. Zonder
zijn soortgenoten nog een blik waardig te keuren
stormde hij zo snel als hij kon op Flo af. Hij wilde
weer naar zijn mensenfamilie!

'Ik neem hem mee naar binnen en blijf even bij hem
in het apenverblijf zitten,' besloot mama, terwijl ze
Flurrie op haar arm nam en hem kalmerend over zijn
kopje aaide. 'Dan moeten voor vannacht iets bedenken

zodat hij niet uit het apenverblijf kan klimmen.'

'Vannacht?' riep Flo ongelovig. 'Moet hij dan hier blijven?'

Papa legde een arm om haar schouder. 'Ja,' zei hij toen ronduit.

Dikke tranen, op twee benen en een knuffeldoekje

Het moment waaraan niemand had willen denken, wat nu toch aangebroken. Toen Flo de volgende dag uit school kwam, zag ze in een oogopslag dat alle Flurrie-spullen verdwenen waren. Het leek alsof het aapje er nooit was geweest.

Toen mama een paar dagen later vertelde dat Flurrie naar een andere dierentuin zou gaan omdat zijn vader Frodo onrustig gedrag bleef vertonen, deed Flo haar best verstandig te reageren. Maar ze had een dikke brok in haar keel, ze kon geen woord uitbrengen.

Zo chaotisch en zenuwslopend het leven met de katta in huis af en toe was geweest, zo pijnlijk miste Flo hem nu zodra ze haar ogen opendeed. Verdrietig legde ze haar hand op de plek van de kast waar de reisbox had gestaan. Ineens sperde ze haar ogen wijd open. Lag daar iets wits achter de kast? Ja, het was een van de zachte knuffellapjes. Flo raapte hem op en huilde dikke tranen.

Ook de dagen daarna voelde ze zich terneergeslagen. Dit is voor Flurrie het beste, hield ze zich voor. Het was belangrijk dat hij een plek vond in een andere katta-familie, zodat hij kon leven zoals het hoorde. Thuis was de rust weergekeerd. Geen chaotische taferelen meer aan het ontbijt, niet meer te laat op school…

Sloper kreeg weer de aandacht die hij nodig had. Hij knaagde niet meer aan linker- of rechtersloffen en liet andere kledingstukken en de planten met rust.

'We kunnen alleen maar hopen dat onze kleine beschermeling zijn plekje weet te vinden binnen zijn nieuwe familie,' zei mama als ze zonder veel trek het avondeten naar binnen werkten of lusteloos aan een boterham knabbelden. Ze beloofde Flo en Caro dat ze zo vaak mogelijk naar de andere dierentuin zouden gaan om Flurrie te bezoeken.

'Ik begin langzaam te begrijpen wat ze bedoelen met het spreekwoord "op twee benen hinken",' zei Flo de volgende ochtend op school tegen Hanna. 'Zo voelt het ook echt.'

'Hmm,' zei Hanna, die haar beste vriendin als troost een schattig sleutelhangertje van een knuffelaapje gegeven had. 'Maar je wist het van tevoren.'

'Wat bedoel je?' vroeg Flo, 'dat ik mijn hart verliezen zou aan zo'n klein aapje?'

'Je weet wel wat ik bedoel,' zei Hanna met een grimas. 'Dat ze zouden proberen om Flurrie weer in een andere katta-familie te laten inte... hoe heet dat ook alweer?'

'Integreren.' Flo's mond vertrok even en knikte. 'Je hebt gelijk. Maar toch doet het pijn.'

's Avonds in bed miste ze het apenjong zo erg dat ze er bijna niet van kon slapen. Ze deed de la van haar nachtkastje open en haalde het witte zachte lapje eruit dat ze gevonden had. Ze rook eraan. Hopelijk bleef de geur van Flurrie nog lang daaraan kleven, dacht Flo, terwijl ze zich lekker in haar kussen nestelde. Ze had niemand verteld dat zij een knuffeldoek gevonden had. Als ik groot ben, koop ik een groot huis, schoot het nog door haar heen. Een huis waarin allerlei soorten dieren kunnen wonen. Dan ga ik de hele dag leuke dingen doen. Flo's dierenpension, dat zou wat zijn! Natuurlijk mocht Sloper er ook bij, want zij waren onafscheidelijk! Ineens besefte Flo dat Sloper al die tijd dat Flurrie bij hen woonde, naast haar op het kleed geslapen had. Maar nu lag hij er niet. Waar was hij?

Flo sloop uit bed en liep op blote voeten de trap af. 'Kijk nou toch,' fluisterde ze, toen ze Sloper in de woonkamer voor de kast vond waarop Flurries reisbox gestaan had. Sloper kwam overeind en liep naar haar toe om zich te laten aaien. Daarna ging hij terug naar de kast en snuffelde eraan.

Flo bukte zich en streelde zijn vacht. 'Zou het kunnen dat jij Flurrie ook mist? Terwijl je al die tijd zo jaloers op hem bent geweest?'

Sloper keek haar aan met een droevige hondenblik en zuchtte. Het leek wel alsof hij Flo echt kon verstaan. Flo besloot dat ze op de bank ging slapen. Ze wikkelde zich in het verwassen bruine fleecekleed en stak haar hand uit naar Sloper. Als hij hier graag wilde zijn, dan bleef ze bij hem. Ergens had ze het gevoel dat ze hem dat wel schuldig was.

Het was al avond. De donkerte van de nacht hing als een gordijn voor de ramen, waarin vlammen weerspiegeld werden. Papa had de open haard aangemaakt. Ze zaten gezellig bij elkaar en speelden een potje Uno. Sloper lag languit voor de open haard en snurkte behaaglijk.

Het geluid van de telefoon doorbrak de vredige stilte. Ze schrokken allemaal op, keken elkaar aan en barstten tegelijk in lachen uit. Het was de telefoon maar! Mama sprong als eerste op. 'Dat is vast oma Tonia. Weet een van jullie toevallig waar de telefoon ligt?'

Een seconde voor het antwoordapparaat zou inschakelen, vond ze het ding onder de krant die op een stoel lag.

'Ah, hallo!' Haar stem klonk verbaasd bij het horen van de naam aan de andere kant. Toen verliet ze de kamer om ongestoord te kunnen praten.

'Gelukkig geen noodgeval in de dierentuin, denk ik,' zei papa en hij legde een kaart op. 'Dan hadden ze haar wel op haar mobiel gebeld.'

Maar even later hoorden ze dat het toch wel iemand uit de dierentuin was geweest. Mama hield de telefoon nog in haar hand toen ze terugkwam in de kamer. Ze keek naar het ding alsof ze het niet kon geloven, wat ze zojuist gehoord had.

'Flurrie komt terug.'

'Wat? Echt waar?' Caro stond al bij mama en begon in het wilde weg rondjes om haar heen te dansen. 'Is het eerlijk waar?'

Mama ging op een stoelleuning zitten en knikte. 'De integratie is mislukt. Het gaat niet goed met Flurrie. Hij heeft ook iets opgelopen. Ze brengen hem morgen terug.'

'Terug naar ons?' vroeg Flo voorzichtig. Ze durfde

deze fantastische gedachte nauwelijks uit te spreken.

Haar ouders keken elkaar aan en zuchtten. 'Ik vrees van wel, ja,' zei mama. 'Tot we een andere oplossing gevonden hebben.'

'Is Flurrie gewond geraakt?' vroeg Flo bezorgd. 'Is het ernstig?'

Mama schudde haar hoofd. 'Nee, dat is het gelukkig niet, maar het bemoeilijkt het aanpassingsproces binnen de groep.'

Alsof het zo afgesproken was, arriveerde de kleine vrachtwagen van de dierentuin precies tegelijk met Flo, toen ze de volgende middag van turnen thuis kwam. Haar hart sloeg even sneller. Zodra papa de deur opendeed, rende Sloper de dierenverzorger tegemoet en snuffelde uitgebreid aan de reisbox. Hij kwispelde uitbundig met zijn staart en jankte, alsof er een lekkere kluif in de box verstopt zat.

Dat wordt een uitdaging, dacht Flo, toen de reisbox weer op zijn oude vertrouwde plek op de kast stond. Flurrie zag er een beetje moe en uitgeput uit, maar hij was in die korte tijd wel gegroeid. Nauwelijks had Flo het deurtje geopend of hij sprong haar tegemoet en greep naar de nieuwe oorringetjes die Flo net een paar dagen droeg. 'Au!' riep ze, maar ze was vooral boos op zichzelf dat ze de oorringen niet op tijd had uitgedaan.

Papa snelde toe.

'Wacht, ik help je.' Met gespitste vingers duwde hij Flurries pootjes uit elkaar. Daarna plukte hij het katta-aapje met een ervaren greep van Flo's schouder, hield hem in de lucht en zei tegen het apengezichtje voor hem:

'Welkom terug, kleine kabouter.'

Flurrie trok gekke bekken en maaide met zijn handjes door de lucht, alsof hij een appel wilde plukken. De schram op zijn rechterschouder was goed te zien, maar wel al ingedroogd.

Flo voelde aan haar oren en wist niet of ze moest huilen of lachen. Ja, dacht ze. Het voelt echt alsof Flurrie weer thuisgekomen is. Of haar ouders het nu

wilden of niet, het aapje was een onderdeel van hun gezin geworden. Zelfs Sloper wilde hem niet meer missen.

Glimlachend keek Flo hoe Flurrie overmoedig langs het gordijn omhoog klom en aan de gordijnrails ging hangen. Een aap in de familie... Dat zou wat worden!

Noot bij pagina 26:

Knut (2006-2011) was een ijsbeer uit de dierentuin van Berlijn die door zijn moeder werd verstoten. Knut werd door zijn verzorger in leven gehouden. Er was veel aandacht in binnen- en buitenland voor het ijsbeertje en er ontstond al snel een rage rondom Knut, waar de dierentuin ook van profiteerde. Er werden allerlei Knut-producten gemaakt, en zelfs een film.

Oorspronkelijke titel: *Flos Tierpension, Affenmama gesucht*
Voor het eerst verschenen in 2012 bij Coppenrath Verlag GmbH & Co. Kg, Duitsland
Typografie omslag: Ingrid Joustra, Haarlem

© Nederlandse uitgave: Uitgeverij Holland - Haarlem, 2012
Vertaling: Marieke Hoogland

ISBN 9789025112028
NUR 281

Sarah Bosse (1966) schrijft kinderboeken en vertaalt boeken uit het Zweeds. Voor een van die vertalingen (*Rollenspel* van Hans Olsson) was ze in 1997 genomineerd voor de Duitse Jeugdliteratuurprijs. Ze heeft al meer dan tachtig jeugdboeken geschreven en woont in Billerbeck, een dorpje vlak bij Münster, Duitsland.

Nina Dulleck (1975) tekent al van jongs af aan. Ze werd twee keer ontdekt: door de juf op de basisschool die het niet goed vond dat Nina een handeltje was begonnen en haar tekeningen aan medeleerlingen verkocht. En later door een uitgever die daar juist geen probleem mee had en graag haar tekeningen kocht voor zijn boeken. Nu werkt ze voor diverse uitgeverijen in binnen- en buitenland.

Lees ook: Flo's dierenpension 2

Ook dolfijnen hebben heimwee

Als Flo in de krant leest dat Yussi en Yorick gaan verhuizen naar een groot dolfijnenpark, is ze heel boos. Waarom heeft haar moeder, die in de dierentuin werkt, daar helemaal niets over gezegd? Ze weet toch dat de dolfijnenbroertjes Flo's beste vrienden zijn?

Ze wordt pas weer vrolijk als ze de verrassing van haar moeder hoort: Flo mag meehelpen met de verhuizing! Als het eenmaal zover is, blijkt dat Yussi niet kan wennen in zijn nieuwe onderkomen. Hij eet niet meer en hij drijft maar wat rond… Kunnen Flo en haar moeder hem op tijd redden?

ISBN 9789025112035